15 Juin 91. V

Vente des Mardi 15 et Mercredi 16 Juin 1891

HOTEL DROUOT, SALLE N° 5

A 2 heures 1/4.

OBJETS D'ART

Marbres d'Aizelin, de Marchetti et autres Artistes

Bronzes anciens, de style et de Barbedienne

OBJETS EN CUIVRE DE BÉNARÈS

TABLEAUX ANCIENS & MODERNES

PARMI LESQUELS

Le Portrait de l'Impératrice Anne de Russie

REPRÉSENTÉE EN COSTUME DE COUR

PIANO A QUEUE DE PLEYEL — VITRINE DE VIARDOT

Meubles en vernis Martin, en bois sculpté, incrustés et ornés de bronzes

Tapisseries — Cuirs de Cordoue

BIJOUX — DIAMANTS — PIERRES DE COULEUR

OBJETS DE VITRINE

M^e EUG. THOUROUDE
COMMISSAIRE-PRISEUR
32, rue Le Peletier, 32.

M. A. BLOCHE
EXPERT PRÈS LA COUR D'APPEL
25, rue de Châteaudun, 25.

EXPOSITION PUBLIQUE

LE LUNDI 15 JUIN 1891

DE 2 HEURES A 6 HEURES.

CONDITIONS DE LA VENTE

Elle sera faite au comptant.

Les acquéreurs payeront en sus des enchères *cinq pour cent*, applicables aux frais.

L'exposition mettant le public à même de se rendre compte de l'état des objets, il ne sera admis aucune réclamation une fois l'adjudication prononcée.

Paris. — Imp. de l'Art, E Ménard et Cie, 41, rue de la Victoire.

Désignation des Objets

OBJETS D'ART ET D'AMEUBLEMENT

1 — Deux statuettes en bronze : Voltaire et J. J. Rousseau, sur socles en marbre.

2 — Cartel en bronze. Style Louis XVI.

3 — Paire de vases en porcelaine, décor à guirlandes de fleurs sur fond bleu. Style Louis XVI.

4 — Paire d'appliques en bronze, à trois lumières, formées par des cariatides de femmes. Époque Empire.

5 — Encrier en bronze formé par une statuette d'enfant, socle en marbre blanc. Style Louis XVI.

6 — Paire de bouts de table à deux lumières, en bronze. Époque Empire.

7 — Paire de candélabres à trois lumières, formés par des statuettes de femmes ; sur socles en marbre. Style Louis XVI.

8 — Groupe en bronze, patine verte : Mercure et enfant.

9 — Groupe équestre en bronze ; sur socle en marbre.

10 — Statuette en bronze : Amour à l'arc.

11 — Deux bustes en bronze : Enfants guerriers.

12 — Belle statuette en bronze : Triboulet.

13 — Glace avec cadre orné de colonnettes en marbre, surmontée d'un trumeau. Louis XVI.

14 — Deux fauteuils en noyer sculpté. Époque Louis XIV.

15 — Grand panneau en faïence décorée, représentant des guerriers en armures. Travail de la maison Victor Vogt. Encadré.

16 — Vitrine en vernis Martin.

17 — Bureau en vernis Martin.

18-19 — Deux statuettes en bronze.

20 — Encrier en bronze.

21-22 — Deux statuettes en bronze.

23 — Coffret à bijoux. Style Louis XVI.

24 — Commode en palissandre avec incrustations d'ivoire, ornée de bronzes. Style Louis XV.

25 — Grande glace avec cadre monumental, en bois sculpté et pâte. Style Louis XVI.

25 *bis* — Grand cadre bois et pâte sculptés. Style Louis XIV.

26 — Peeters (Bonaventure). Combat naval. Signé et daté.

27 — Grand et beau tapis oriental.

28 — Buste en marbre : le Colin-Maillard, d'Aizelin.

29 — Canapé en bois sculpté et doré, couvert en étoffe brochée. Louis XV.

30 — Lambert. Chat.

31 — Gegerfelt. Vue de Hollande.

32 — Skalken (Attribué à). Portrait.

33 — Petit. Portrait d'homme. Pastel.

34 — Boucher (D'après). Baigneuse.

35 — Grande vasque en galvano bronzé.

36 — Deux potiches en cristal bleu, décor chinois; monture en cuivre argenté.

37 — Meuble bonheur-du-jour en bois sculpté et doré, garni de glaces. Style Louis XV.

38 — Table-vitrine ornée de cuivre. Style Louis XV.

39 — Verre d'eau en cristal; monture en cuivre.

40-41 — Deux vasques en terre; monture en métal.

42 — Service de fumeur en bronze argenté.

43 — Vase forme tube en cristal; monture en métal.

44-45 — Deux grands vases en porcelaine de Sèvres, fond bleu ; monture en métal.

46-47 — Deux colonnes en bois noir avec appliques en cuivre.

48 à 53 — Douze vide-poches et porte-cartes en bronze.

54 — Verre d'eau et plateau en cristal; monture en cuivre.

55 — École française. Portrait de Anne de Russie en costume de cour, représentée grandeur nature, avec très beau cadre en bois sculpté et doré.

56 — Petite vitrine en bois d'acajou, avec glaces biseautées. Travail de la maison Viardot.

57 à 62 — Six tapisseries verdures et à personnages. (Sera divisé.)

63 — Dessus de sièges en tapisserie pour canapé pour fauteuils.

64 — Bandes de tapisserie d'Aubusson pour meuble de salon.

65 — Deux grands candélabres formés par des vases en bronze du Japon, à bouquets de lumières.

66 — Mouchoir en dentelle blanche.

67 — Ombrelle en dentelle blanche, manche en ivoire.

68 — Éventail feuille, représentant un bal champêtre; monture en nacre et or.

69 — Buste en marbre : Madame Adélaïde.

70 — Buste en marbre : le Christ.

71 — Grand buste en terre cuite : Monseigneur Dupanloup. Signé Constance Dubois.

72 — Piano à queue, de Pleyel.

73 — Buste en bronze : Lucius Verus. Édition de Barbedienne; sur socle en bois noir.

74 — Petite table en acajou Louis XVI, garnie de bronze.

75 — Gravure en couleurs : la Fête au village.

76 — Gravure en couleurs : la Foire au village.

77 — Peinture d'après Wouvermans, sur porcelaine.

78-79 — Deux assiettes en porcelaine de Saxe.

80-81 — Deux plats en faïence.

82-83 — Deux plats de Nevers.

84-85 — Deux plats, décor Rouen.

86 — Commode de Nevers.

87 — Plat en Saxe.

88 — Compotier en Marseille.

89 — Tableau signé Borgella.

90 — Chaise à porteurs en faïence de Nevers.

91 — Quatre statuettes.

92 — Poignard japonais.

93 — Buste en terre cuite : Fillette au nid.

94 — Groupe en terre cuite : Léda.

95 — Figurine en terre cuite : la Leçon d'amour.

96 — Deux statuettes en terre cuite : Chaperon-Rouge.

97 — Buste en biscuit : Napoléon Ier.

98 — Figurine en biscuit : l'Automne.

99 — Figure en biscuit : la Vague.

100 — Groupe en biscuit : le Piège doré.

101 — Groupe en biscuit : Mariage innocent.

102 — Figurine en biscuit : Mariée bretonne.

103 — Deux statuettes en biscuit : Amours chiffonniers.

104 — Figurine en biscuit : Marchande italienne.

105 — Deux statuettes en biscuit décoré : Enfants. Louis XIII.

106 — Corbeille en faïence décorée.

107 — Vase en faïence décorée, avec personnages en reliefs.

108 — Porte-allumettes en faïence : Enfant tambour.

109 — Jardinière : Naïade, en porcelaine blanche.

110 — Bougeoir en porcelaine décorée : Petit Faune charmeur.

111 — Corbeille de fruits en porcelaine décorée.

112 — Buire aux tritons en faïence décorée.

113 — Figurine en porcelaine décorée : la Piqûre.

114 — Coffret avec bas-reliefs, en porcelaine décorée. (Genre Capodimonte.)

115 — Groupe en porcelaine décorée : la Course autour du puits.

116 — Pot à tabac en porcelaine décorée : Éléphant chinois.

117 — Vide-poche coquille en faïence décorée.

118 — Plat à reliefs en porcelaine décorée. (Genre Capodimonte.)

BIJOUX

119 — Paire de boutons d'oreilles enrichis de deux brillants.

120 — Paire de boutons d'oreilles, pavés en brillants et saphirs.

121 — Broche-barrette enrichie de quatre brillants et trois saphirs.

122 — Bracelet en or, enrichi de huit rubis et sept brillants.

123 — Croissant formé de trois rangs de brillants.

124 — Paire de boutons d'oreilles enrichis de deux perles fines et deux brillants.

125 — Bague à deux corps, enrichie de six brillants.

126 — Bague en or formée d'un rubis entouré de douze brillants.

127 — Bague à deux corps en brillants, ornée de deux perles fines.

128 — Bague composée d'une turquoise fine entourée de dix brillants.

129 — Bague en or, enrichie de trois brillants.

130 — Bague en or, composée d'une perle fine et deux brillants.

131 — Bracelet formant diadème, composé de trente-trois brillants.

132 — Bracelet-chaîne en or, formée d'une perle fine entourée de roses.

133 — Collier formé de trois rangs de perles fines, avec fermoir en brillants et saphir étoilé.

134 — Églantine en or, enrichie de roses et d'une perle fine fantaisie.

135 — Broche-barrette enrichie de sept perles fines.

136 — Épingle en or, composée d'un saphir et douze brillants.

137 — Épingle en brillants.

138 — Deux boutons de chemise en or, enrichis de deux perles fines et de roses.

139 — Quatre boutons de chemise en or.

140 — Médaillon orné d'une miniature et de perles fines.

141 — Pendentif normand en cailloux du Rhin.

142 — Pendentif : Saint Georges.

143 — Pot à crème en argent.

144 — Broche forme abeille en argent.

145 — Cœur en argent.

146 — Broche en argent.

147 — Broche améthyste.

148 — Jeu de course.

149 — Deux saphirs sur papier.

150 — Bijoux de fantaisie divers. (Sera divisé.)

ŒUVRES DE MARCHETTI

MARBRES

151 — Femme masquée. Buste.

152 — Jeune Fille à la rose. Buste.

153 — Apollon. Grand buste.

154 — Diane. Buste.

155 — Petit Napolitain. Buste.

156 — Mme Récamier. Buste.

157 — Jeune Fille. Buste.

158 — Pierrot et Pierrette. Deux bustes se faisant pendants.

159 — Jeune Femme. Buste.

160 — La Baigneuse. Statuette.

161 à 180 — Colonnes en marbre. (Sera divisé.)

CUIVRES DE BÉNARÈS

181-182 — Deux grands vases à anses, avec couvercles.

183 — Brûle-parfums.

184-185 — Deux grandes jardinières.

186-187 — Deux vases surbaissés.

188-189 — Deux vases sur pieds.

190-191 — Deux plats ronds.

192-193 — Deux plats octogones.

194 — Bouclier.

195 — Statuette équestre.

196 — Gobelet.

197 — Petite potiche.

198 — Divinité indienne.

199 — Plat creux.

CUIRS DE CORDOUE

200 — Un lot de très beaux panneaux en cuir de Cordoue.

201 — Objets non catalogués.

www.ingramcontent.com/pod-product-compliance
Lightning Source LLC
LaVergne TN
LVHW020512230826
846091LV00008BA/3466

* 9 7 8 2 3 2 9 4 1 9 2 5 1 *